Pour Emmanuel

© 2012, l'école des loisirs, Paris
Loi numéro 49 956 du 16 juillet 1949 sur les publications
destinées à la jeunesse : novembre 2012
Dépôt légal : novembre 2012
Imprimé en France par Jean-Lamour à Maxéville
ISBN 978-2-211-21122-2

Magali Bonniol

Aldo
et la neige

l'école des loisirs
11, rue de Sèvres, Paris 6e

La neige

Aldo et Josette attendent la neige.

«Ce sera formidable», dit Josette. «On fera une bataille de boules!»

«Et aussi de la luge», ajoute Aldo.
«Et même un igloo!» s'écrient les enfants escargots.

Ils attendent, ils attendent, ils attendent…
Mais la neige ne tombe pas.

« C'est idiot, la neige ! » s'écrie Aldo.
« Ça ne tombe jamais quand on le voudrait. »

«J'ai une idée », dit Josette. «Si on faisait semblant qu'il neige ? »

«Mais enfin, Josette », répond Aldo, «personne ne peut faire semblant qu'il neige ! »

«Pourtant», dit Josette,
«sentez-vous comme il fait froid tout à coup?»

«Regardez, là!
Un flocon est tombé sur ma tête!»

« Qui fait une bataille avec moi ? »

« Nous, nous ! » chantent les enfants escargots.
Et ils font une bataille de feuilles.

Ils font de la luge sur l'herbe.

Et même un igloo !
Ils s'amusent comme des fous.

Et puis, Papa escargot appelle ses enfants pour le goûter.

«À demain, Josette!»
«À demain, Aldo!»

Quand Aldo retrouve sa maison, un flocon de neige lui tombe sur le nez…
« Ça alors ! Voilà qu'il neige maintenant ! »

« Vraiment, c'est idiot, la neige », se dit Aldo.

Le tunnel

Ce matin, la maison d'Aldo est tout ensevelie :
il peut à peine ouvrir sa porte !

« Josette est sûrement coincée dans sa maison », se dit-il.
« Je vais creuser un tunnel pour la libérer ! »

«Oh là là!» pense Josette.

«Aldo est certainement prisonnier sous la neige!»

«Je vais le délivrer tout de suite!»

Aldo creuse.

Josette creuse.

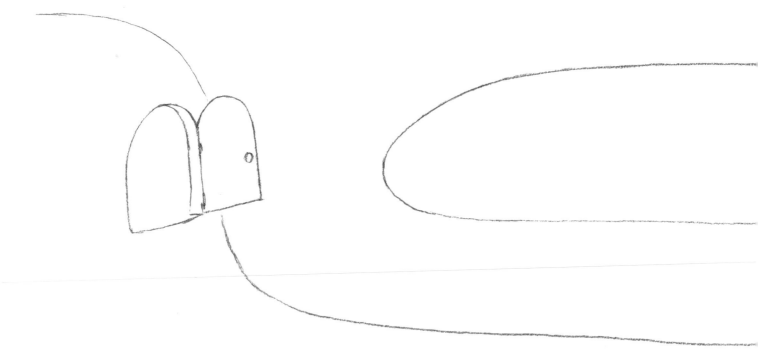

« Courage, Aldo ! » se dit Josette.

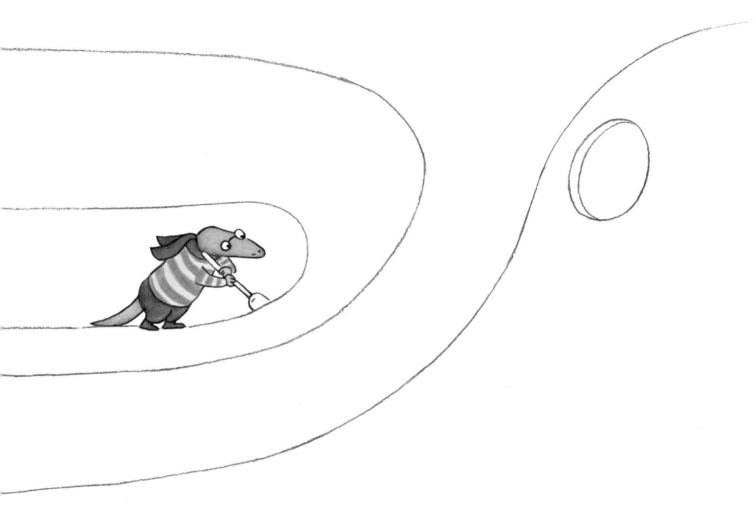

«J'arrive, Josette!» murmure Aldo.

Mais il n'y a personne chez Aldo.
« Il a réussi à sortir ! » pense Josette.

Il n'y a personne chez Josette non plus.
« Elle s'est débrouillée », suppose Aldo.

Ouf, c'est fatigant de creuser la neige.
«Je vais me reposer un peu chez Aldo», dit Josette.

«Je vais me réchauffer un peu chez Josette», décide Aldo.

« Comme on est bien chez Aldo ! » pense Josette.

«Comme on est bien chez Josette!» se dit Aldo.

L'écharpe

Aldo tricote une écharpe pour Josette.

Une écharpe très longue.

« Comme ça, Josette ne prendra pas froid cet hiver ! »

«Comme elle va être belle avec mon écharpe!» se réjouit Aldo.

Mais Josette est en train de patiner sur la mare gelée.

Elle patine très très bien…

… elle patine avec Jason le Hérisson.

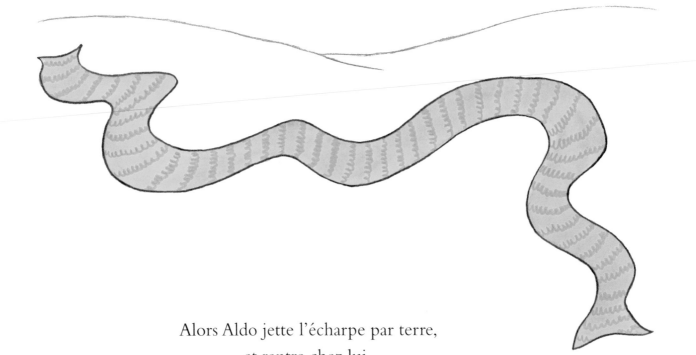

Alors Aldo jette l'écharpe par terre,
et rentre chez lui.

Sur le chemin, le vent se lève
et Aldo se met à frissonner.

« Atchoum ! Je crois bien que j'ai pris froid… » dit Aldo en grelottant.

Soudain, Josette frappe à la porte…
«Coucou, Aldo! Devine ce que j'ai trouvé dans la neige?
Une magnifique écharpe pour toi!»
«Aaaatchoum!» répond Aldo.

« Mon pauvre Aldo, ça n'a pas l'air d'aller ! » remarque Josette.
« Ma parole, tu es malade ! Tu as certainement pris froid ! »
« Aaaaatch… » répond Aldo.

«Ne bouge pas, je vais t'envelopper dans cette écharpe :
quelle chance, tout de même !»
«Aaaaat…» répond Aldo.

«Je vais te préparer du lait bien chaud avec du miel dedans:
tu iras bientôt mieux», dit Josette.
« Aaaaaah… » soupire Aldo.

«Ce qu'il y a de bien, avec cette écharpe,
c'est qu'elle est assez longue pour nous deux!» remarque Josette.
Et Aldo… ne répond rien du tout!